KB035848

주근깨 주스

SEOUL, 2006

주근깨 주스

초판 제1쇄 발행일 2006년 8월 30일
초판 제53쇄 발행일 2022년 3월 20일
글 주디 블룸 그림 정문주 옮김 지혜연
발행인 박헌용, 윤호권 발행처 (주)시공사
주소 서울시 성동구 상원1길 22, 6-8층 (우편번호 04779)
대표전화 02-3486-6877 팩스(주문) 02-585-1247
홈페이지 www.sigongsa.com/www.sigongjunior.com

ISBN 978-89-527-8682-1 74840
ISBN 978-89-527-5579-7 (세트)

주디 블룸 글 · 정문주 그림

지혜연 옮김

시공주니어

랜디를 위해
내가 가장 좋아하는 주근깨 얼굴

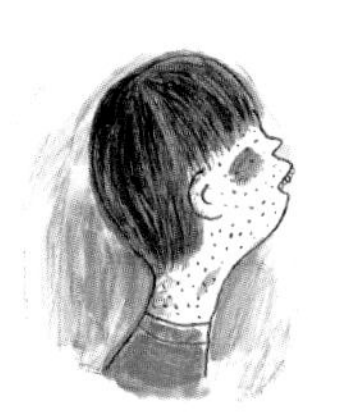

주근깨 주스

1

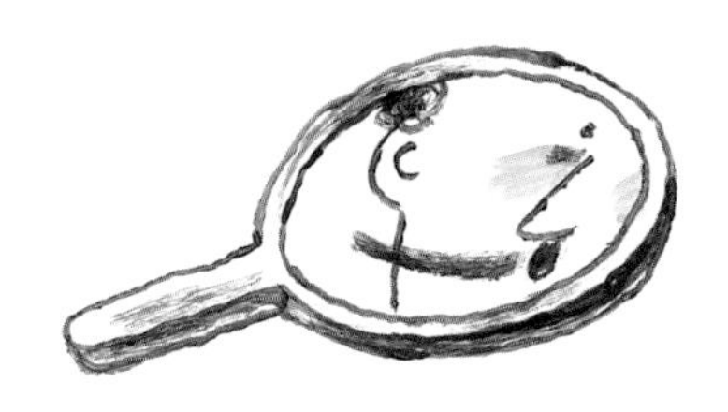

앤드루 마커스는 자기도 주근깨가 있었으면 싶었다. 닉키 레인은 주근깨가 많았다. 아마 수백만 개도 더 될 것이다. 온 얼굴이 주근깨로 덮여 있을 뿐 아니라 귀와 목뒤에도 주근깨가 가득했다. 앤드루는 주근깨가 없었다. 손가락에 사마귀 두 개가 있지만 사마귀는 하나도 득이 될 게 없었다. 만약 닉키처럼

주근깨가 많이 났다면, 앤드루 엄마는 앤드루의 목이 더러운지 아닌지 결코 알 수 없었을 것이다. 그럼 씻을 필요도 없고, 그럼 결코 지각을 할 일도 없었을 텐데…….

앤드루는 닉키의 주근깨를 쳐다볼 시간이 많았다. 교실에서 닉키의 바로 뒷자리에 앉기 때문이다. 앤드루는 닉키의 주근깨를 세어 보려 했었다. 하지만 여든여섯 개까지 세었을 때 켈리 선생님이 앤드루를 불렀다.

"앤드루, 수업에 집중하고 있니?"

앤드루가 대답했다.

"예, 켈리 선생님."

"좋아, 앤드루. 그렇다니 다행이구나. 자, 그럼 이제 의자를 들고 네가 속한 읽기 조로 가 주겠니? 모두 너를 기다리고 있단다."

앤드루는 후다닥 일어섰다. 앤드루와 같은 조 아

이들은 낄낄거렸다. 그중에서도 특히 샤론이 가장 많이 웃어 댔다. 샤론은 보기만 해도 짜증이 나는 아이였다. 샤론은 잘난 척이 심했다! 앤드루는 의자를 들고 같은 조 아이들이 앉아 있는 구석으로 자리를 옮겼다.

켈리 선생님이 말했다.

"그럼 네가 시작해라, 앤드루. 64쪽이야."

앤드루는 책장을 넘겼다. 64쪽…… 64쪽이라. 앤드루는 도대체 그 쪽을 찾을 수가 없었다. 그 쪽만

딱 들러붙어 버린 모양이었다. 켈리 선생님은 왜 앤드루를 시켜야 했을까? 나머지 아이들은 이미 다 64쪽을 펼쳐 들고 있는데 말이다.

샤론은 계속 낄낄댔다. 샤론은 소리를 내지 않기 위해 손으로 입을 틀어막고 있었지만 앤드루는 어떤 상황인

지 너무나 잘 알고 있었다. 마침내 앤드루가 책을 펼쳤다. 64쪽은 있어야 할 곳에 있었다. 63쪽과 65쪽 사이에 말이다. 앤드루한테 주근깨가 있었더라면 닉키의 주근깨를 셀 필요가 없었을 것이다. 그랬다면 켈리 선생님이 읽기 조로 모이라고 했을 때 제대로 들을 수 있었을 것이고, 그럼 아무도 앤드루를 보고 웃어 대지 않았을 텐데.

수업을 마치는 종이 울리자, 앤드루는 닉키 레인을 콕 찔렀다.

"왜, 무슨 일이야?"

닉키는 돌아앉으며 물었다.

앤드루가 말했다.

"네 주근깨에 대해 궁금한 게 있어서 말이야."

"아, 그래? 뭐가 궁금한데?"

앤드루는 갑자기 바보가 된 느낌이었다.

"그게 말이야, 너, 주근깨 어떻게 생겼니?"

"어떻게라니, 그게 무슨 뜻이야? 주근깨는 태어날 때부터 있는 거라고. 그냥 처음부터 있는 거야."

앤드루는 닉키의 대답을 짐작하고 있었다. 그럼 그렇지!

그때 켈리 선생님이 말했다.

"자, 나가서 줄을 서세요, 여러분. 이제 집으로 돌아갈 시간입니다. 샤론, 네가 맨 앞에 서서 여자 친구들을 이끌고, 앤드루, 너는 앞장서서 남자 친구들을 이끌어 주렴."

운도 지지리 없지! 모처럼 앞에 서는 날 하필이면 샤론 옆에 서야 하다니!

줄을 섰을 때 샤론이 앤드루에게 귓속말로 속삭였다.

"얘, 있잖아…… 난 어떻게 생기는지 아는데."

앤드루가 물었다.

"뭐가 어떻게 생기는 걸?"

샤론이 대답했다.

"주근깨 말이야."

"누가 너한테 물어나 봤어?"

"네가 닉키에게 주근깨에 대해 물어보는 소리를 들었거든."

그러더니 샤론은 혀로 이를 죽 훑었다. 샤론은 그렇게 하는 버릇이 있었다.

샤론이 물었다.

"너, 주근깨가 생기는 방법이 알고 싶니?"

앤드루가 샤론에게 대답했다.

"글쎄……."

샤론이 귀에다 속삭였다.

"50센트만 내. 나한테 주근깨 주스 만드는 비법이 있거든."

"비법?"

"응."

샤론의 혀를 보니 앤드루는 파리를 잡아먹는 개구리가 생각났다.

샤론이 저렇게 입을 벌리고 혀를 움직이는 것을 볼 때마다 앤드루는 혹시 샤론의 입속에 벌레가 가득 들어 있는 것은 아닌지 궁금했다. 앤드루는 샤론의 얼굴을 자세히 살펴본 다음 말했다.

"자기 얼굴에도 주근깨가 없으면서 무슨!"

샤론이 말했다.

"자세히 봐. 코에 여섯 개 있어."

"잘났다! 여섯 개가 뭐가 대단해서!"

"원하는 만큼 가질 수 있어. 난 여섯 개면 충분하거든. 모든 것은 주근깨 주스를 얼마만큼 마시느냐에 달려 있는 거라고."

앤드루는 한순간도 샤론의 이야기를 믿지 않았다. 단 한순간도! 주근깨 주스라는 것은 없다. 지금까지 한 번도 들어 본 적이 없으니까!

2

그날 밤 앤드루는 잠을 설쳤다. 앤드루는 주근깨 주스에 대한 생각을 떨칠 수가 없었다. 식구 중에 주근깨가 난 사람이 없는 이유가 어쩌면 주스를 만드는 비법을 몰랐기 때문일지도 모른다. 주근깨 주스에 대해 들어 본 적이 없는데 어떻게 주근깨가 생길 수 있단 말인가? 생각해 보니 일리가 있었다!

앤드루는 어떤 이유에서건 샤론에게 돈을 줘야 한다는 것이 정말 싫었다. 그리고 50센트는 적지 않은 돈이었다. 5주치 용돈과 맞먹는 금액이었다! 하긴 샤론의 비법이 효과가 없으면 돈을 돌려 달라고 하면 그만이었다. 간단했다.

다음 날 아침 앤드루는 금고 모양 저금통을 열기 위해 비밀 번호를 맞추었다. 위는 4번이고 아래쪽은 0번이었다. 앤드루는 10센트짜리 동전(미국의 화폐로 다임이라고 함:옮긴이) 다섯 개를 꺼냈다. 앤드루는 동전을 휴지에 싸서 그대로 주머니에 쑥 넣었다. 앤드루는 귀와 목, 아니 몸의 어느 부분도 씻을 시간이 없었다. 앤드루는 수업이 시작하기 전에 샤론을 만나고 싶었다.

앤드루가 소리쳤다.

"다녀오겠습니다!"

"앤드루 마커스! 잠깐 기다려!"

앤드루 엄마는 서둘러 앤드루가 있는 곳으로 왔다. 엄마는 서두르다가 하마터면 가운 자락에 걸려 넘어질 뻔했다. 엄마는 앤드루의 귀와 목을 꼼꼼히 살폈고, 그 바람에 앤드루는 엄마의 머리에 말려 있던 컬 클립에 얼굴을 긁혔다.

"제발 엄마! 오늘 한 번만 안 씻고 가면 안 돼요?"

앤드루는 사정했다.

앤드루의 엄마는 앤드루로부터 한 걸음 뒤로 물러서더니 손가락으로 앤드루를 가리키며 말했다.

"좋아. 오늘 한 번만 봐줄게. 하지만 내일 다시 검사할 거야. 그리고 앤드루, 바지 지퍼나 올려라."

앤드루는 아래를 내려다보았다. 지퍼는 정말 골칫거리다!

"오늘 네가 학교에서 돌아올 때쯤 엄마는 옆집에 가 있을 거야. 바로우 아줌마가 같이 카드놀이하자고 하셨거든. 열쇠를 가지러 엄마에게 들렀다 가렴, 알겠지?"

"알았어요, 엄마."

앤드루는 학교까지 단숨에 달려갔다. 앤드루는 비법을 알고 싶은 마음에 잠시도 기다릴 수가 없었다. 우선 비법을 읽어 본 다음 신통치 않으면 돈을 주지 않으면 그만이었다. 앤드루가 학교에 도착했을 때 샤론은 이미 자기 책상에 자리를 잡고 앉아 있었다. 앤드루는 곧장 샤론에게 갔다.

앤드루가 물었다.

"가져왔어?"

"뭘 가져와?"

샤론은 놀란 토끼 눈을 하고는 물었다.

"너도 알잖아! 주근깨 주스를 만드는 비법!"

"아, 그거! 가져왔지, 바로 여기 있어."

그렇게 말하면서 샤론은 주머니를 톡톡 쳤다.

"흠, 그럼 보여 줘."

샤론이 물었다.

"50센트는 가져왔어?"

"물론이지. 바로 여기 있어."

앤드루도 주머니를 톡톡 쳤다.

샤론이 말했다.

"돈을 먼저 주지 않으면 보여 줄 수 없어."

앤드루는 고개를 가로저으며 말했다.

"아, 그건 아니지. 먼저 보고 나서 결정하고 싶은데."

"미안하지만, 앤드루. 거래는 거래야!"

샤론은 책을 펼치더니 읽는 척을 했다.

그때 켈리 선생님이 말했다.

"앤드루 마커스! 자리에 앉아라. 방금 수업 시작 종이 울렸단다. 여러분, 오늘 아침은 산수로 시작할 거예요. 닉키, 아이들에게 노란색 종이를 나누어 주렴. 자, 다들 종이를 받으면 칠판에 적힌 문제들을 풀도록 하세요."

앤드루는 자기 자리로

가서, 주머니에서 휴지에 싼 10센트 동전 다섯 개를 꺼냈다. 그러고는 휴지를 바닥 가까이로 내리고 샤론을 향해 던졌다.

샤론은 옆줄에 앉아 있었다. 샤론은 발을 뻗어 휴지를 발로 밟았다. 그리고 손이 닿을 거리까지 발로 스윽 끌고 갔다. 샤론은 몸을 숙여 휴지를 집어 들었다. 켈리 선생님은 아무것도 눈치 채지 못했다.

샤론은 동전이 다섯 개인지 세었다. 그러더니 주머니에서 꼭꼭 접은 하얀색 종이를 꺼내 앤드루 쪽으로 던졌다. 쪽지는 통로 한가운데에 떨어졌다. 앤드루는 쪽지를 주으려고 몸을 기울였다. 그런데 그만 앤드루는 중심을 잃고 의자에서 미끄러지고 말았다.

앤드루와 켈리 선생님을 빼고 모든 반 아이들이 웃어 댔다.

켈리 선생님은 한숨을 지으며 말했다.

“오, 앤드루! 이번엔 또 무슨 장난이니? 그 종이 선생님한테 가져오렴.”

앤드루는 비법이 적힌 쪽지를 집어 들었다. 미처 읽어 볼 시간도 없었다. 이건 정말 억울했다. 50센트를 헛되이 날려 버린 셈이었다. 앤드루는 쪽지를 선생님에게 건넸다. 선생님은 쪽지에 적힌 글을 읽었다. 그러더니 앤드루를 쳐다보며 말했다.

“앤드루, 이 쪽지는 세 시에 돌려주마.”

그러더니 켈리 선생님은 쪽지를 책상에 집어넣었다.

“다시는 이런 일이 일어나지 않았으면 좋겠구나. 알겠니?”

“예, 켈리 선생님.”

앤드루는 우물거리며 대답했다.

"좋아. 자, 이제 산수 문제를 풀자."

앤드루는 켈리 선생님이 괜찮은 사람이라고 생각했다. 선생님은 비법이 적힌 쪽지를 찢어 버릴 수도 있었다. 아니면 앤드루를 교장실로 보내거나 복도에 나가 서 있는 벌을 줄 수도 있었는데 말이다.

앤드루는 세 시가 되기를 손꼽아 기다렸다. 이제 애써 닉키 레인의 주근깨를 셀 필요가 없을지도 모른다. 곧 앤드루에게도 주근깨가 생길 테니까. 마침내 수업을 마치는 종이 울리고, 반 아이들이 모두 복도로 나가 줄 맞춰 걸어갈 때 앤드루는 켈리 선생님에게 갔다. 선생님은 앤드루에게 하얀 종이쪽지를 흔들어 보이며 말했다.

"쪽지 여기 있다, 앤드루. 너에게는 아주 중요한 것 같더구나. 하지만 앞으로 수업 시간만큼은 집중해야 한다."

앤드루는 켈리 선생님한테서 쪽지를 받아 들며 약속했다.

“내일부터는 한눈파는 일 없을 거예요, 선생님. 두고 보세요, 정말 아무 문제도 일으키지 않을 테니까요.”

3

앤드루는 집까지 쉬지 않고 달렸다. 그러다 열쇠를 받으러 바로우 아주머니네 들러야 한다는 게 생각났다. 주근깨 주스를 만드는 비법이 적힌 종이는 조심스럽게 접혀서 앤드루의 신발 속에 들어 있었다. 처음에는 양말 속에 넣을까도 했지만 발에 땀이 나면 잉크가 번져 읽지 못하게 될까 봐 겁이 났다.

그래서 신발 속에 넣는 것이 안전하다고 생각했다. 게다가 바람이 불어도 아무 일 없을 테니까. 앤드루는 비법을 집에 가서 읽기로 마음먹었다. 앤드루는 서둘러 집으로 가고 싶었다. 지난 가을보다는 많이 좋아졌지만 그렇다고 앤드루가 세상에서 가장 빨리 글을 읽는 사람도 아니고, 어쩌면 이해하는 데 시간이 걸리는 어려운 단어가 있을지도 몰랐다.

앤드루는 바로우 아주머니 집의 벨을 눌렀다.

바로우 아주머니가 문을 열어 주며 말했다.

"안녕, 앤드루. 오늘은 학교에서 일찍 돌아왔네."

앤드루는 숨을 헐떡이며 대답했다.

"계속 달려왔거든요."

바로우 아주머니가 물었다.

"우유하고 과자 좀 줄까?"

"아니요, 괜찮아요. 그냥 열쇠만 받아 가면 돼요."

"그래, 어쨌든 들어와라, 앤드루. 엄마는 거실에 계셔."

앤드루는 바로우 아주머니를 따라 집 안으로 들어갔다. 엄마는 카드 뭉치 네 개를 돌리고 있었다.

"다녀왔어요, 엄마. 열쇠 주세요."

엄마가 말했다.

"버릇이 없구나, 앤드루! 예의를 좀 갖추렴. 아주머니들께 인사부터 드려야지!"

"아, 안녕하세요?"

앤드루 엄마는 지갑을 열어 열쇠를 꺼냈다. 그리고

앤드루에게 건네면서 말했다.

"가서 옷부터 갈아입고 나가 놀아라. 엄마가 네 시까지는 집에 갈게."

그렇다면 앤드루에게는 한 시간밖에 여유가 없었다. 앤드루는 요리하는 과정이 필요 없기를 바랐다. 가스레인지나 오븐을 만져서는 안 되기 때문이다. 앤드루는 집으로 달려갔다. 앤드루는 현관문을 열고, 안으로 들어가자마자 신발을 벗었다. 앤드루는 비법이 적힌 종이쪽지를 꺼내 바닥에 주저앉아 읽기 시작했다. 종이에는 이렇게 쓰여 있었다.

주근깨 주스를 만드는
샤론의 특별 비법

한 잔을 마시면 보통 양의 주근깨가 생긴다.

닉키 레인만큼 주근깨를 갖고 싶을 때는

두 잔을 마셔야 한다.

아래에 나와 있는 재료를 한꺼번에 섞는다.

잘 저은 다음 되도록 빨리 들이켜도록 한다.

- 포도 주스, 식초, 겨자, 마요네즈,

레몬 즙, 후추, 소금, 케첩, 올리브유,

그리고 양파 조금.

*빨리 들이켜면 빨리 들이켤수록 주근깨가 빨리 생긴다.

앤드루는 들어가는 재료를 두 번 읽었다. 특별한 비법이라고는 전혀 느껴지지 않았다. 엄마가 늘 쓰는 재료들이었다. 물론 한꺼번에 그 모든 재료를 사용하는 법은 없었다. 아마 그게 숨겨진 비결일지도 몰랐다. 어쨌든 50센트를 주고 알아낸 방법이니까. 이제 그 효과가 어느 정도인지 봐야 할 차례였다.

앤드루는 찬장을 열려고 싱크대 위로 기어올랐다. 다른 재료들은 다 찾을 수 있었지만 레몬이 없었다.

(레몬은 냉장고에 있기 때문이다.) 또 양파도 눈에 띄지 않았다. 엄마는 양파를 통에 담아 지하실에 보관했다. 앤드루는 지하실로 내려가 자그마한 것으로 하나 골랐다. 만드는 법에 '조금'이라고 쓰여 있었기 때문이다. 앤드루는 양파를 껍질 채 써야 하는지 아니면 벗겨서 써야 하는지도 궁금했다.

앤드루는 커다란 파란색 컵을 하나 꺼냈다. 앤드루는 우선 한 컵만 먹어 보고 주근깨가 더 필요하게 되면 더 마실 생각이었다. 처음부터 무리할 필요가 없었다. 엄마도 늘 그렇게 말했다.

우선 포도 주스를 넣어야겠다고 앤드루는 생각했다. 앤드루는 포도 주스로 반을 채운 다음 얼음을 넣

+ 식초 +
마요네즈
겨자 +
소금 + 케첩 + 올리브유
양파즙 +
=

었다. 마실 것은 늘 차가워야 제 맛이 난다. 앤드루는 이 주스도 틀림없이 그럴 거라고 생각했다.

그런 다음 앤드루는 나머지 재료들을 하나씩 하나씩 넣었다. 앤드루 엄마는 두 종류의 식초를 가지고 있었다. 와인 식초와 보통 식초였다. 앤드루는 와인 식초를 골랐다. 그리고 겨자를 넣고, 마요네즈 한 숟갈에 후추와 소금을 듬뿍 뿌렸다. 그러고 나서 케첩을 조금…… 이건 쏟아 붓기가 어려웠다. 가만, 그런데 올리브유는 어떻

게 하지? 앤드루 엄마는 식물성 기름을 쓰긴 했지만 올리브유는 아니었다. 어쩌면 샤론이 말한 건 올리브색 병에 있는 액체를 뜻하는지도 몰랐다. 앤드루는 올리브색 병에 든 액체를 서너 숟가락 넣었다. 이제 레몬을 넣을 차례였다. 앤드루는 레몬 하나를 반으로 잘라서 꼭 짰다. 아니, 이런! 레몬 씨 하나가 컵에 빠지고 말았다. 앤드루는 숟가락으로 레몬 씨를 꺼냈다. 앤드루는 주스에 씨가 들어 있는 게 싫었다. 이제 양파를 조금만 넣고…… 드디어 모든 준비가 끝났다. 앤드루는 주스를 저은 다음 냄새를 맡아 보았다.

으악! 냄새가 정말 끔찍했다! 정말 그렇게 끔찍할 수가 없었다! 주스를 마시는 동안 코를 틀어막아야 할 것 같았다. 앤드루는 맛을 보려고 컵에 혀를 살짝 대어 보았다. 웩! 세상에! 앤드루는 어떻게 마셔야 할지 엄두가 나지 않았다. 그것도 빨리……. 하지만 재빨리 들이켜라고 적혀 있었는데. 교활한 샤론 계집애! 아마도 앤드루가 마시지 못할 거라고 생각했을지도 모른다. 흠, 본때를 보여 줘야지. 앤드루는 확 마셔 버리기로 마음먹었다.

앤드루는 코를 막았다. 그러고는 고개를 뒤로 젖혀 샤론이 알려 준 특별한 비법의 주근깨 주스를 꿀

꺽 들이켰다. 앤드루는 토할 것만 같았다. 그 정도로 끔찍한 맛이었다! 하지만 토해 버렸다가는 결코 주근깨가 생기지 않을 텐데……. 그럴 수는 없어, 꿋꿋하게 버텨야지!

앤드루는 간신히 엄마의 침실로 기어갔다. 걸어갈 만큼 기운이 없었다. 앤드루는 엄마 방에 있는 전신 거울 앞에 자리를 잡고 앉았다. 앤드루는 이제 일이 벌어지기만을 기다렸다.

4

얼마 있지 않아, 드디어 일이 벌어지고야 말았다. 앤드루의 얼굴은 푸르죽죽해졌고, 속은 울렁거렸다. 그리고 배가 아팠다. 네 시에 앤드루의 엄마가 집으로 돌아왔다.

“애, 앤드루? 어디 있니?”

엄마가 앤드루를 불렀다.

엄마가 부르는 소리를 들었지만 앤드루는 대답을 할 수가 없었다. 온몸에 기운이 하나도 없었다. 앤드루는 들릴 듯 말 듯 간신히 소리를 냈다.

"앤드루 마커스! 너니?"

엄마는 침실 문 앞에 서서 물었다.

"너, 여기서 뭐 하고 있니? 밖에 나가 놀라고 했잖아! 그리고 왜 옷은 갈아입지 않았어? 엄마가 옷 갈아입으라고 하지 않았니?"

앤드루가 신음 소리를 냈다. 엄마는 앤드루의 얼굴을 들여다보았다.

"앤드루, 네 얼굴이 창백하구나. 얼굴색이 시퍼래! 어디 아프니?"

앤드루는 고개만 끄덕였다. 입을 열었다가는 기껏 마신 주근깨 주스를 토해 버릴 것 같았다.

"어디가 아픈데?"

엄마는 앤드루의 이마를 짚어 보며 물었다.

앤드루는 신음 소리를 내면서 배를 움켜쥐었다.

"아니, 이런! 맹장염인가 보다! 맹장염이 틀림없어! 의사 선생님을 부를게. 아니, 내가 그냥 차를 몰고 병원으로 가는 게 낫겠다.

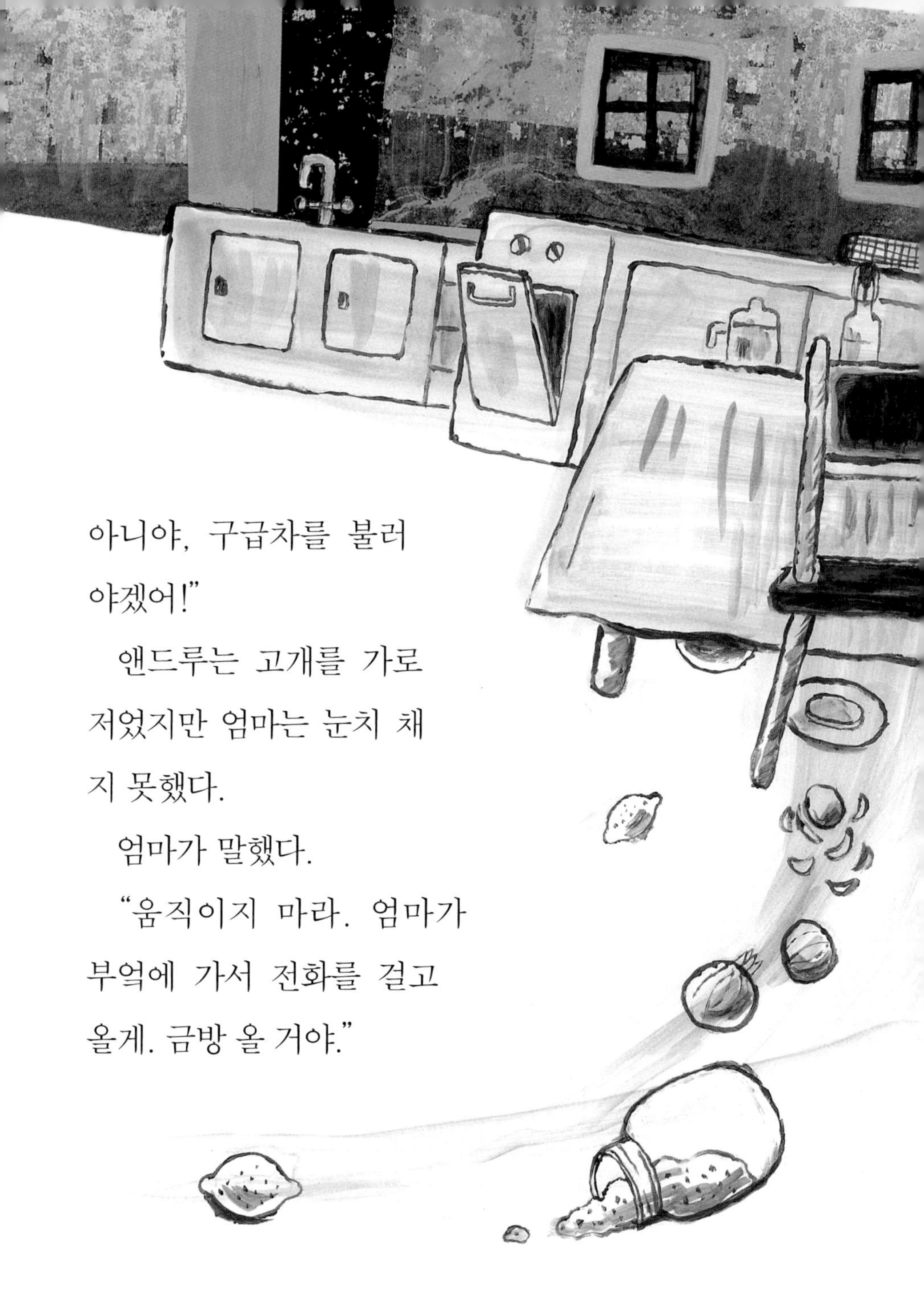

아니야, 구급차를 불러야겠어!"

앤드루는 고개를 가로 저었지만 엄마는 눈치 채지 못했다.

엄마가 말했다.

"움직이지 마라. 엄마가 부엌에 가서 전화를 걸고 올게. 금방 올 거야."

앤드루는 앓는 소리를 내며 데굴데굴 굴렀다.

엄마는 서둘러 침실로 돌아왔다.

"앤드루 마커스! 부엌에 가 보니 아주 엉망이더구나. 너 부엌에서 뭔가를 만들어 먹었지, 그렇지?"

오, 이런! 앤드루는 부엌을 치워 놓아야 한다는 것을 깜빡 잊고 있었다. 엄마가 죄다 알아차리고 말았다. 하긴 상관없었다. 앤드루는 지금 배가 아파 죽을 지경이니까.

"얘! 내가 너 때문에 가슴이 철렁했어. 바로우 부인이 우유랑 과자를 주겠다고 할 때는 싫다고 하더니. 집에 와서 도대체 뭘 만들어…… 뭔지 알 수가 있나. 그것도 모르고 엄마는 맹장염인줄 알고 얼마나 놀랐는지, 정신이 반쯤은 나갔었잖니. 엄마는 항상 네가 생각이 깊은 아이인줄 알았단다, 앤드루! 정말 믿을 수가 없구나."

앤드루는 눈을 감았다.

"이제, 가서 자거라."

이제껏 들은 소리 중에 가장 반가운 소리였다. 엄마는 앤드루에게 박하 향이 나는 분홍색 물약을 두 숟가락 먹였다. 그러고는 앤드루를 침대에 눕히고 이불을 덮어 주었다.

어쩌면 앤드루가 자는 동안 주근깨가 생길지도 모를 일이었다. 지금의 기분 같아서는 주근깨가 생기든 말든 별 상관이 없을 것 같지만! 앤드루는 샤론이 미웠다. 샤론이 일부러 한 짓이었다. 그깟 50센트를 차지하려고 말이다! 앤드루는 샤론에게 본때를 보여 주기로 마음먹었다. 언젠가 오늘 일에 대해 꼭 후회하게 만들 것이다……. 그러다가 앤드루는 잠이 들었다.

앤드루는 끔찍한 꿈을 꾸었다. 거대한 초록색 괴물이 나타나 앤드루에게 하루 세 번씩 주근깨 주스 2리터를 억지로 마시게 하는 꿈이었다. 주근깨 주스

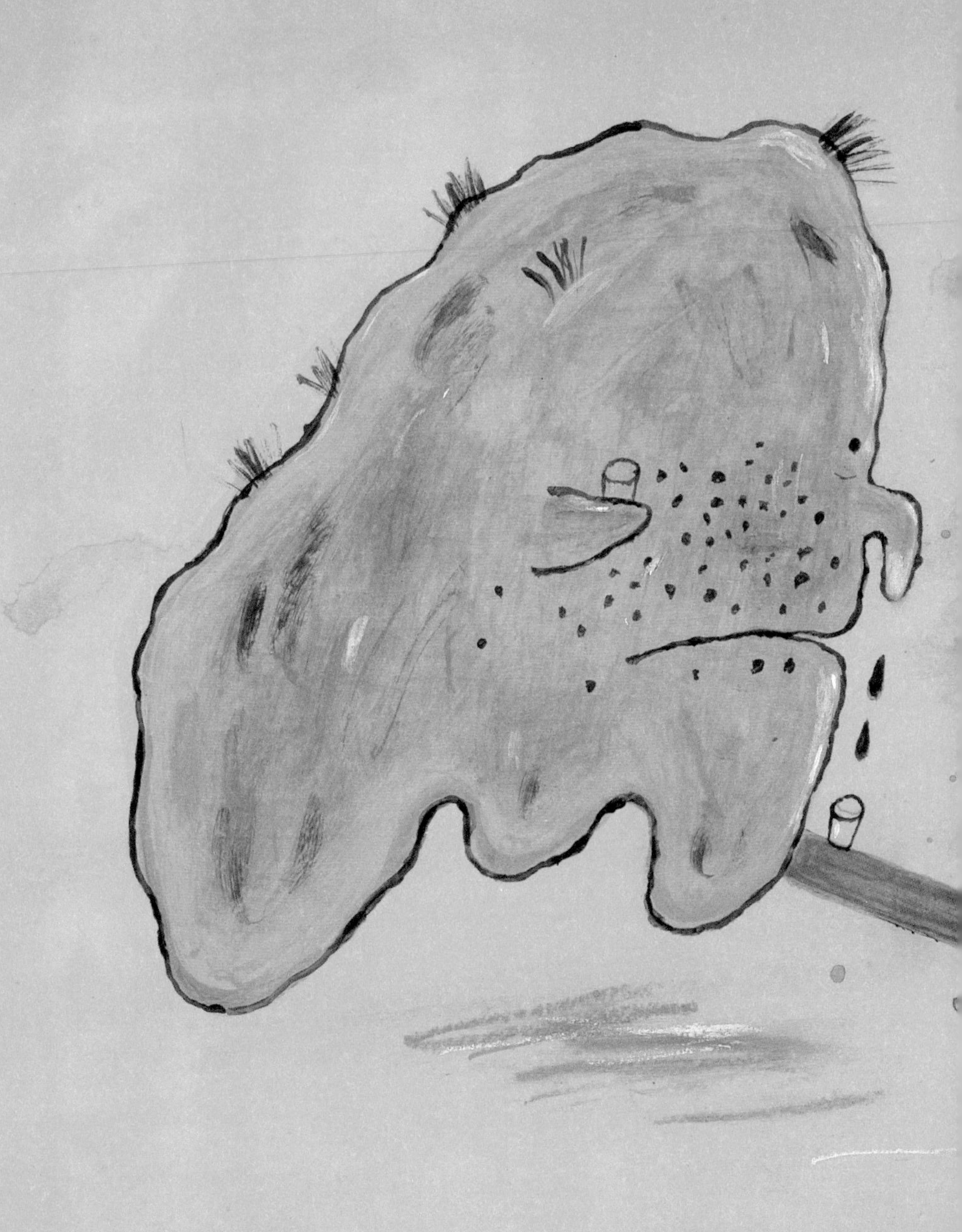

를 들이켤 때마다 괴물에게는 주근깨가 생기는데, 앤드루에게는 생기지 않았다.

앤드루는 진땀을 흘리면서 잠에서 깨어났다. 배 속은 여전히 꿀렁거렸다. 엄마는 또 분홍색 물약을 두 숟가락 주었다. 앤드루는 다시 잠이 들었다.

다음 날 앤드루는 결석을 했다. 딱 한 번 거울을 들여다보았지만 주근깨는 생기지 않았다! 놀랄 일도 아니었다. 점심때쯤 앤드루는 뜨거운 차를 한 잔 마셨다. 앤드루는 다시는 학교에 가지 않으려고 했다.

샤론은 주근깨가 생기지 않은 앤드루를 절대 보지 못할 것이다. 샤론은 자신이 아주 잘났다고 생각하겠지. 흥, 이 앤드루 마커스를 비웃을 기회는 절대로 생기지 않을걸. 어림없지!

하지만 그다음 날 엄마는 앤드루를 깨우고는 노래를 불렀다.

"둥근 해가 떴습니다! 자리에서 일어나서 세수하고 이를 닦고……. 목하고 귀도 잊지 말고 씻어야 해."

그러면서 엄마는 이불을 확 젖혔다.

앤드루가 말했다.

"오늘 학교 안 갈래요. 다시는 학교에 안 갈 거라고요."

그러면서 앤드루는 베개에 얼굴을 묻었다.

"그래! 그럼 우리 집에 초등학교 2학년 자퇴생이 생기겠는걸! 무슨 수를 써야겠네! 자, 여기 옷 있다.

엄마가 열다섯을 셀 때까지 얼른 일어나 옷 갈아입어. 아니면 앞으로 10년 동안 매일 하루에 세 번씩 목욕을 해야 할 거야!"

앤드루는 옷을 갈아입었다. 아침으로 빵하고 우유를 조금 먹었다. 어쨌든 샤론을 가만히 둘 수는 없었다. 무슨 수를 써야겠다.

5

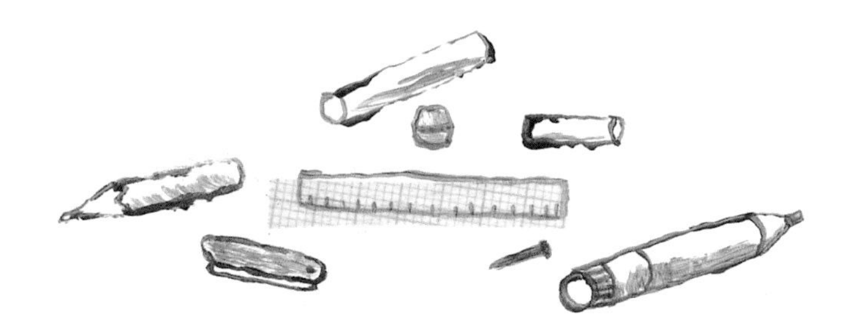

아침을 먹은 뒤 앤드루는 후닥닥 자기 방으로 달려갔다. 그러고는 책상 서랍을 열어 갈색 매직펜을 찾아보았다. 하지만 파란색밖에 보이지 않았다. 그렇지 않아도 늦을 판이었다.

파란색이라도 할 수 없었다. 앤드루는 파란색

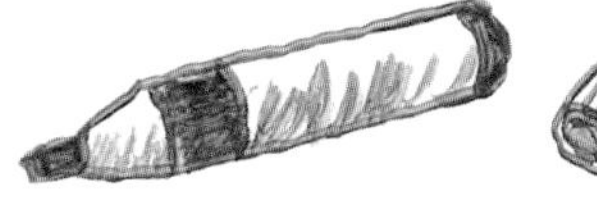

매직펜을 도시락 통에 넣고 학교로 향했다. 앤드루는 학교에 이르기 두 블록 전에서 걸음을 멈추었다. 그리고 자동차 유리에 자기 모습을 비추어 보았다. 앤드루는 매직펜을 꺼내 온 얼굴과 목에 파란색 점을 찍었다. 닉키 레인의 주근깨 같지는 않았지만 그럴듯했다!

앤드루는 수업 시작종이 울리기를 기다렸다. 그런 다음 서둘러 교실로 들어가 자리에 앉았다. 앤드루

는 책을 꺼내 읽는 척을 했다. 웅성웅성거리는 소리가 들렸지만 고개를 들지는 않았다.

켈리 선생님은 손가락을 퉁겨 딱 소리를 내며 말했다.

"조용히, 여러분. 이제 잡담은 그만!"

아이들이 낄낄거렸다.

"다들 뭐가 그렇게 재미있어요? 뭐가 그렇게 우습지요? 리사, 뭐가 그렇게 재미있는지 나한테 말해 주겠니?"

리사가 벌떡 일어서더니 말했다.

"앤드루 때문이에요. 켈리 선생님, 앤드루 마커스 좀 보세요."

켈리 선생님이 말했다.

"일어나 볼래, 앤드루. 선생님이 한번 보자."

앤드루는 일어섰다.

"아니, 세상에, 앤드루! 너 무슨 짓을 한 거니?"

“주근깨가 생겼어요, 켈리 선생님. 주근깨 때문에 그래요.”

앤드루도 파란색 주근깨가 얼마나 우스꽝스럽게 보일지 잘 알고 있었지만 상관없었다. 앤드루는 샤론을 돌아다보며 혀를 쑥 내밀었다. 샤론은 얼굴을 개구리처럼 만들어 보였다.

켈리 선생님은 숨을 깊이 쉬더니 말했다.

“그랬구나. 앤드루, 그만 자리에 앉으렴. 수업을 시작하자.”

쉬는 시간이 되자 닉키 레인이 돌아보며 물었다.

“세상에, 파란색 주근깨도 있냐?”

앤드루는 아무 대답도 하지 않았다. 앤드루는 파란색 주근깨를 그려 넣은 얼굴로 하루 종일 교실에 앉아 있었다. 켈리 선생님은 가끔 어이없다는 표정으로 앤드루를 쳐다보기는 했지만 아무 말도 하지 않았다.

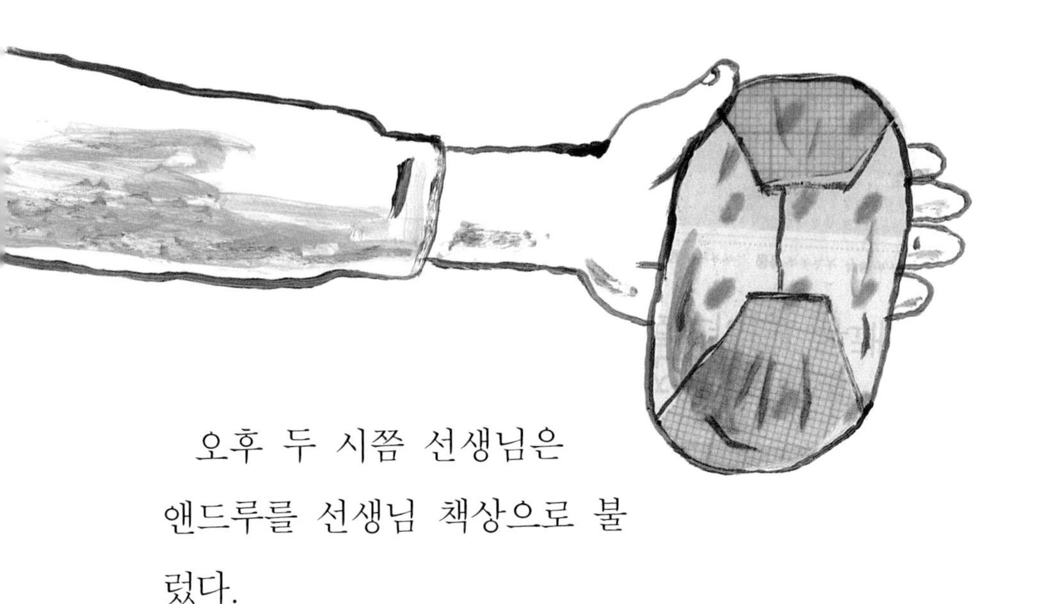

오후 두 시쯤 선생님은 앤드루를 선생님 책상으로 불렀다.

켈리 선생님이 말했다.

“앤드루, 주근깨를 없애는 선생님만의 특별한 비법이 있는데, 써 볼래?”

선생님은 목소리를 낮추어 말했지만 반 아이들이 못 들을 정도는 아니었다.

앤드루가 물었다.

“공짜예요?”

켈리 선생님이 대답했다.

"물론이지. 공짜야."

앤드루는 머리를 긁적이면서 잠시 생각했다.

켈리 선생님은 책상에서 작은 꾸러미를 하나 꺼냈다. 선생님은 꾸러미를 앤드루에게 건네며 말했다.

"자, 화장실에 가서 풀어 봐라. 명심해라, 아무도 모르는 비법이야, 알겠지?"

앤드루가 대답했다.

"알겠어요."

앤드루는 화장실로 달려가고 싶었지만 복도에서 뛰면 안 된다는 학교 규칙이 있었다. 그래서 앤드루는 되도록 빨리 걸었다. 앤드루는 꾸러미에 무엇이 들어 있을지 궁금해 미칠 지경이었다. 주근깨를 없애는 약이 있는 걸까?

화장실로 들어가자마자 앤드루는 꾸러미를 풀어 보았다. 쪽지가 하나 있었다. 앤드루는 쪽지에 적힌 글을 읽었다.

물을 틀고, 마법의 주근깨 제거제를
물에 묻혀 얼굴에 문지를 것.
만약 마법의 주근깨 제거제를 한 번
사용했는데 효과가 없으면
다시 한 번 시도해 볼 것. 세 번이면 충분함.
-켈리 선생님.

아하! 켈리 선생님은 알고 있었다. 선생님은 처음부터 알고 있었던 것이다. 앤드루의 주근깨가 진짜 주근깨가 아니라는 것을 말이다. 그런데 아무 말도 하지 않았던 것이다. 앤드루는 켈리 선생님이 적어 준 대로 했다. 마법의 주근깨 제거제에서는 레몬 냄새가 났다. 앤드루는 주근깨를 없애려고 제거제를

네 번이나 써야 했다. 다 없앤 다음 앤드루는 다시 꾸러미를 싸서 교실로 돌아왔다.

켈리 선생님은 미소를 지으며 말했다.

"흠, 앤드루. 정말 효과가 있구나."

"예, 선생님. 정말 효과가 있었어요."

"이제 정말 멋있다, 앤드루. 선생님 생각엔 너는 주근깨가 없어도 아주 멋져."

"그렇게 생각하세요?"

"그럼 물론이지."

"선생님! 켈리 선생님!"

갑자기 닉키 레인

이 오른손을 들고 마구 흔들며 큰 소리로 선생님을 불렀다.

선생님이 말했다.

"무슨 일이니, 닉키?"

"그 주근깨 제거제, 저도 써 보면 안 될까요, 네? 선생님, 전 주근깨가 싫어요. 진짜 하나하나 다 싫거든요!"

앤드루는 믿을 수가 없었다. 어떻게 주근깨를 싫다고 할까? 얼마나 근사한데!

켈리 선생님이 말했다.

"닉키, 앤드루한테는 주근깨가 어울리지 않았어. 하지만 네 주근깨는 얼마나 멋있는데! 주근깨가 없는 네 모습은 상상하기도 싫어. 주근깨는 너의 일부

분이잖니. 선생님은 이 주근깨 제거제를 치워 둘 거야. 다시는 필요하지 않았으면 좋겠구나."

앤드루는 생각했다. 앤드루가 쓸 일은 절대 없을 거라고 말이다. 이제 주근깨와는 영영 이별이다.

수업이 끝난 뒤 집에 가려고 아이들이 복도에 나와 줄을 섰을

때 앤드루는 샤론이 닉키에게 소곤거리는 소리를 들었다.

"내가 주근깨 없애는 방법을 알고 있는데."

닉키가 물었다.

"뭘 없앤다고?"

"네 주근깨 말이야."

"정말?"

"물론이지. 우리 집안에 수년 동안 내려오는 주근

깨 없애는 비법이 있거든. 그래서 우리 식구들은 주근깨가 하나도 없는 거라고. 내가 그 비법을 50센트에 팔게!"

그러더니 샤론은 걸어와서 앤드루와 나란히 섰다. 앤드루가 뭐라고 입을 떼기도 전에 샤론은 앤드루를 향해 끔찍한 개구리 얼굴을 만들어 보였다.

옮긴이의 말

여러분은 혹시 '주근깨 주스'라고 들어 봤나요? 마시기만 하면 얼굴에 원하는 만큼 주근깨가 생긴다는 주스 말입니다. 주근깨가 생겼으면 하고 바라는 친구가 있었어요. 그래서 이 주스에 관심이 아주 많았지요. 바로 앤드루가 그랬답니다.

앤드루는 얼굴에 주근깨가 가득한 닉키 레인이 마냥 부러웠습니다. 주근깨가 많으면 얼굴이나 목이 좀 더러워도 엄마가 몰라볼 테니까요. 더구나 닉키의 주근깨를 세어 보다 선생님에게 지적 당하는 일도 없을 것만 같았습니다. 그러던 어느 날 앤드루는 샤론을 통해 주근깨가 생기는 비법을 알게 됩니다. 그래서 거금 50센트를 주고 비법을 사지요. 포도 주스, 식초, 겨자 등

갖가지 재료들을 섞어 마시면 바로 주근깨가 생긴다는 거였어요. 그런데 주근깨는 생기지 않고 배탈만 났답니다. 샤론에게 당한 분풀이로 얼굴에 주근깨를 그리고 학교에 간 앤드루는 놀림감이 되었고, 그래서 이번에는 선생님한테 주근깨 없애는 비법을 받게 됩니다. 앤드루가 부러워하던 닉키는 앤드루와 반대로 주근깨를 없애는 비법을 알고 싶어 하지요. 친구 하나가 또 샤론의 꾀에 넘어가게 생겼네요…….

이런 한바탕 소동을 보고 어린이 여러분은 어떤 생각이 들었나요? 앤드루처럼 친구를 부러워하던 적이 있었지요? 앤드루는 주근깨를 부러워했지만 여러분은 친구가 가진 물건이나 재능을 부러워했을지도 몰라요. 앤드루는 남이 가진 것에 욕심을 부리다 혼이 났지요. 남이 가진 것을 부러워하기보다 내가 가진 것에 만족하고 소중히 하는 어린이라면 그런 엉터리 비법에 속지 않았을 거예요. 이제 앤드루는 다시는 이상한 주스를 만들어 마시지 않을 겁니다. 여러분도 마찬가지이겠지요?

지혜연